# LES CALICOTS,

## POËME

### EN TROIS CHANTS.

DE L'IMPRIMERIE DE PILLET, RUE CHRISTINE.

# LES CALICOTS,

## POËME

### EN TROIS CHANTS.

### PAR M. M...N.

## A PARIS,

**CHEZ LES MARCHANDS DE NOUVEAUTÉS.**

—

1817.

# MON IMPRIMEUR ET MOI.

M O I.

JE vous apporte, mon cher Monsieur, un petit ouvrage de circonstance qu'il faudrait imprimer à la hâte.

LUI.

Dans quel genre?

MOI.

C'est un ouvrage en vers.

LUI.

Sur la politique?

MOI.

Des vers sur la politique!..... Eh quoi! n'a-t-on pas lu assez de vos brochures politiques!......

LUI.

C'est que, moi, je n'en imprime pas d'autres.

MOI.

Et pourquoi?

LUI.

Parce que le public n'a des yeux, de l'attention et de l'argent que pour les ouvrages qui traitent de cette matière.

MOI.

Eh bien! si ce que vous dites est vrai, je veux l'en corriger.

LUI.

Croyez-vous que ce ne soit pas un peu d'ambition à vous d'entreprendre une pareille tâche?

MOI.

Toute la difficulté est de diriger ses regards de ce côté; les beaux vers intéressent, on siffle les méchans, et l'on s'amuse autant des uns que des autres...... D'ailleurs, je vous avertis que je n'aurai pas inutilement sué sang et eau pendant trois jours pour accoucher d'un poëme en trois chants......

LUI.

Un poëme!!! (*Je m'aperçois qu'il a toutes les peines du monde à s'empêcher de me rire au nez, et que madame son épouse rentre chez elle pour ne pas éclater.*) Un poëme!!!.... Si c'était au moins un pot-pourri..... quelque chose..... Voyons votre préface.

MOI.

Au lieu d'une préface, j'ai fait une épître dédicatoire à mon ami.

LUI.

Et sans doute une épître dédicatoire en vers?.... A votre ami!.... Le public se soucie bien de votre ami..... Faites-moi une bonne préface en prose.

MOI.

J'avais pensé qu'il était plus naturel de dédier

son ouvrage à son ami, que de se montrer en déshabillé au public, qui ne vous connaît pas, dans une préface insignifiante. C'est de mon ouvrage, et non pas de moi, que le public a affaire.

LUI.

Essayez-en! vous en serez pour vos frais d'impression..... je vous le prédis; non, Monsieur, les ouvrages sans préface ne se vendent pas.

MOI.

Allons! cette raison-là est sans réplique, quoique je n'y puisse rien comprendre....... Vîte, de l'encre! du papier! je vais vous brocher une préface........ Mais...... j'ai beau rêver, je n'ai absolument rien à dire au public.

LUI.

Vous voilà bien embarrassé. Faites-lui part de vos vues, de l'influence que votre brochure peut exercer sur l'état présent des affaires ou sur les mœurs de vos concitoyens.

MOI.

Mais songez donc qu'il ne s'agit plus ici de vos ouvrages politiques.

LUI.

Mais, vous aussi, vous devez savoir que vos contemporains aiment tant les vues politiques qu'ils vont en chercher au Vaudeville dans le refrain de chaque couplet. Il faut marcher avec son siècle, Monsieur ; vouloir s'opposer au torrent, c'est folie : or, voilà comme on fait une préface. Après avoir exposé ses vues, la fin qu'on se propose (car on n'écrit plus aujourd'hui sans avoir un but politique), on fait modestement l'aveu de son impuissance...... On a soin de citer les sources où l'on a puisé telle idée, telle expression, pour faire croire à sa franchise ; par ce moyen, on empêche la malignité de s'apercevoir qu'on a dérobé son plan tout entier à quelque défunt qui ne vient point réclamer....... C'est une formule dont personne ne s'écarte......

MOI.

Chut ! m'y voici, je pense.......

———

## PRÉFACE.

C'EST sans doute une imprudence inexcusable de m'exercer sur un sujet traité par des auteurs chers au public, et qui, cette fois, ont obtenu un succès si éclatant ; mais, lorsqu'il s'agit d'être utile à mes concitoyens, toute considération doit tomber d'elle-même. Ma première idée avait été de faire un simple Mémoire, dans lequel je voulais donner des détails précieux, inconnus jusqu'ici, devant servir un jour à la postérité de pièces de conviction pour le procès dont le public s'occupe depuis quinze jours. Cette insurrection récente doit prouver à nos neveux jusqu'à quel point les idées libérales et l'esprit d'indépendance ont été perfectionnés au commencement de ce siècle. Par une singularité dont je n'entreprendrai pas de rendre compte, je me suis avisé de faire de mon Mémoire un poëme épique en trois chants ; mais je n'en ai pas moins atteint mon but.

Maintenant, il convient que je rende justice à qui elle due, en prévenant une erreur dans laquelle mon ouvrage aurait pu faire tomber des personnes mal instruites : le malheur arrivé à *la Quotidienne*, sans qu'il y ait eu de sa faute, n'est pas aussi grand que je me l'étais figuré : *le Constitutionnel* n'est pas mort des suites de ses blessures.

Il est juste aussi que je fasse des restitutions à qui de droit. Je m'accuse d'avoir volé une comparaison à très-haut et très-puissant prince Homerus de Smyrne, de Chio, de Rhodes, de Salamine ou de toute autre ville, car l'histoire ne nous a rien laissé de positif à cet égard. * Je m'accuse d'avoir imité du latin un de mes vers les

---

* Pourquoi les Grecs ne possédaient-ils pas comme nous une *Biographie des Hommes vivans*, cette production si piquante, si digne de foi, et qui fait tant d'honneur à notre siècle ?...... *Risum teneatis......*

moins mauvais, déjà imité par un de mes confrères en Apollon ; d'avoir retourné, en un vers de dix syllabes, ce que notre très-honoré et très-honorable maître à tous, M. de Voltaire, *dit* Voltaire, philosophe de Ferney, gentilhomme ordinaire de la Chambre, avait dit des Anglais (peut-être un peu pour rimer), après la bataille de Fontenoy, en un vers alexandrin. Je m'accuse, enfin, d'avoir pris au public, à qui je le restitue, un délicieux calembourg qui seul devrait conduire mon poëme à l'immortalité.

Moyennant cet aveu de ma modestie bien sincère, je prie mes lecteurs, si aucun j'en ai, d'user d'indulgence pour les faiblesses, négligences ou autres fautes plus graves dans lesquelles j'aurais pu tomber, en s'appliquant ce vers du Molière romain :

*Homo sum..... et nihil humanum à me alienum puto.*

MOI, *après avoir lu cette préface à mon imprimeur.*

Est-ce cela ? qu'en pensez-vous ?

LUI.

Comment ! de la jactance, de la modestie, et encore de l'érudition !..... On dirait que vous avez passé votre vie à faire des préfaces.....

# LES CALICOTS,

## POËME.

~~~~~~~~~~~~~~~~~~~~~~~~~~~~~~~~~~~~~~~~~~~~~~~~~~~~~~~~~~

## CHANT PREMIER.

Où l'on trouve, comme partout ailleurs, introduction, invocation
et exposition. — Où l'on voit les Commis-Marchands de la bonne
ville de Paris prendre fait et cause pour une douzaine de leurs
confrères, induement persifflés. — Comment l'autorité s'en mêla.
— Comme quoi, dissimulant leur affront pour le moment, ils
vont tenir conseil au magasin ; et là, décident avec raison que,
attendu qu'il est difficile de s'entendre quand chacun parle en
même tems, il est à propos d'élire un président. — Comme quoi
messire de Fier-en-Fat, alors absent, est nommé à l'unanimité.


Des Calicots je chante l'infortune.
De ces guerriers la valeur peu commune
Fut impuissante : en dépit du sifflet,
Il a fallu vivre et souffrir Brunet.

   Qui ne connaît ce temple où la Folie
Avec Momus, chez la folle Thalie,
Vont faire assaut d'esprit et de gaîté.
Il prit son nom de la Variété,
Nom révéré dans ma chère patrie ;
Là, tout bon mot est bon pourvu qu'on rie.
Chaque dimanche on voit ces beaux esprits
Pour le comptoir élevés dans Paris,
~~~~~~~~~~~~~~~~~~~~~~~~~~~~~~~~~~~~~~~~~~~~~~~~~~~~~~~~~~

Venir au temple, enrichir leur mémoire,
Apprendre à fond le piquant répertoire ;
C'est le plus doux emploi de leurs loisirs ;
Ils prennent là de l'esprit, des plaisirs
Pour la semaine ?... O fatale journée !
Destin cruel ! la Déesse étonnée
Vit en un jour ses chers adorateurs
De ses autels hardis profanateurs.

Muse ! dis-moi, la flétrissante injure !....
Muse ! dis-moi.... Quoi ! tu ne me dis rien !
Ah ! je le vois, sans doute que Mercure,
Des Calicots le maître et le soutien,
Différemment te conta l'aventure.
Pauvre poète, hélas ! oui, je crains bien
Que dans l'Olympe ainsi que sur la terre
Tout bon larron se soutienne.... Dis-moi !
Muse .... tu prends le parti de te taire.
J'en suis fâché, je chanterai sans toi.

De Calicots une brillante élite,
Du soir trop lent accusait le retard,
Tant des bons mots la soif les sollicite :
Pothier paraît à six heures un quart.

Pothier, salut !... De ce joyeux théâtre,
Ah ! sois long-tems la richesse et l'honneur,
Pour les plaisirs d'un public idolâtre ;
Avec toi seul on rit de tout son cœur.
Il va paraître, et le rire folâtre
Au loin circule et devance ses pas ;

Il a paru, de plus bruyans éclats
Partent en chœur des loges au parterre.
Quel est ce fat, élégamment benêt,
Qui vient après? Sous son ample moustache,
A nos regards vainement il se cache:
C'est Cendrillon, c'est Calicot-Brunet:
De maint commis il a le ton, l'allure.
Quand chacun rit de la caricature,
A son portrait un d'entre eux a pâli;
Pour l'offensé tous ont senti l'injure;
Le cri de guerre a déjà retenti :
De tous les coins déjà les sifflets grondent,
Du son aigu les tympans sont meurtris.
« A bas! » ces cris suivis de mille cris,
Comme un tonnerre en tout lieu correspondent.
« Non! non! » ce cri, par d'autres répété,
Aux tapageurs s'oppose en sens contraire;
Des pieds, des mains, on s'agite au parterre;
On claque, on siffle; à ce flot irrité
Un seul mortel dispute la victoire.
Quoi! devant lui s'abaissent les sifflets ?
Oui, grâce à lui, lance tes camoufflets,
Brunet! respire et poursuis avec gloire.
« Plus tard! plus tard! oui, nous serons vengés!
» Dissimulons.... Une lutte inégale
» A notre honneur peut devenir fatale, »
Disent tout bas les commis outragés.
    Au fond du cœur, cet affront qui le perce

Est renfermé. Mais tous vont répétant
Dans leur dépit, que l'auteur, se jouant
De la moustache, a joué le commerce.
Ils ont quitté cette scène d'horreur ;
Au magasin ils vont tenir séance,
L'état-major se range ; à l'éloquence
Un comptoir offre un nouveau champ d'honneur.
En ce conseil, hélas ! comme en tout autre,
Chacun raisonne, argumente, soutient
Que son avis est préférable au vôtre,
Pour le meilleur chacun donne le sien ;
On se dispute et l'on n'avance à rien.
« Paix là ! Messieurs (d'un ton plein d'importance
Allait criant certain petit roquet,
Hableur, farceur, faquin, bavard, coquet,
Très-proprement baptisé Ducaquet)
» Il est, Messieurs, je crois de la prudence
» Que l'on élise un mentor dont la voix
» A tout bavard puisse imposer silence ;
» Sur Fier-en-Fat j'ai fait tomber mon choix. »
Ces derniers mots ont frappé l'assistance ;
A l'orateur chaque membre applaudit,
Sur Fier-en-Fat tombe chaque suffrage :
Ce n'est qu'un fat, mais il a du crédit :
Lors Ducaquet : « Au brillant personnage
» En son hôtel députons un message.
» —Non, le tems presse ; amis, suivez mes pas,
» Dit Juste-Prix : devers son excellence

» Nous irons tous pour ne le manquer pas. »
  De maint rôdeur, trompant l'intelligence,
Par pelotons ils partent en silence
Pour cette rue, où, partout aux regards,
S'offrent la mode et le luxe des arts.

# CHANT II.

Où l'Auteur s'explique sur ce que faisait le susdit président pendant ce tems-là. — De ce qui fut dit et décidé, audience tenante, dans l'entresol d'une marchande de modes de la rue Vivienne. — Des trente baisers mérités par Ducaquet, un des membres de la chambre; et, enfin, du parti pris par eux tous d'en finir pour ce jour-là, et de s'aller coucher.

De Fier-en-Fat, au sein de la mollesse,
Nonchalamment bercé par les Amours,
Suit des plaisirs la route enchanteresse;
De son bonheur rien ne trouble le cours.
Beau chevalier, la gloire en vain t'appelle,
Crois-moi, résiste à d'importuns honneurs,
Reste enchaîné dans l'entresol d'Adèle
Par des liens de rubans et de fleurs.
Joli visage et rare impertinence,
De l'Adonis font toute la science.
Moyennant ce, le mortel favori
De vingt beautés est le voisin chéri.

De le toucher toutes briguent la gloire ;
Contre son cœur conspirent tous les cœurs ;
Aux yeux d'Adèle il donna la victoire,
Et du sultan la belle a les faveurs.
Des nouveautés que son comptoir recèle,
Ce Fier-en-Fat est l'image fidèle ;
Futile objet d'un inconstant amour,
Comme la mode on le chérit un jour ;
Le lendemain il a passé comme elle....
    Parmi les siens sa gloire est immortelle.
L'essaim nombreux, protégé par la nuit,
Chez le héros arrive ... à petit bruit;
On frappe en vain.... A l'entresol d'Adèle
Il est sans doute.... On y court.... « Qui va là?
» — Vîte.... ouvrez-nous, » dit une voix cruelle.
Adieu baisers, plaisirs *et cætera.*
Il faut ouvrir..... Adèle en soupira....
Elle ouvre.... Ah ciel! Elle reste saisie
D'étonnement... « Belle, rassurez-vous !
Dit Ducaquet: Conjurés, entrez tous. »
Et, s'exprimant d'un ton de prophétie :
« O Fier-en-Fat! ils ne sont plus ces jours
» Où tu pouvais, dans le sein des Amours.....
» Hélas!.... Apprends l'exécrable aventure!...
» Monsieur Brunet a saisi trait pour trait
» Notre maintien, notre air, notre tournure;
» Le spectateur reconnaît le portrait,
» Chacun en rit; ils veulent, les infâmes!

» Au magasin que nous servions ces dames

» Sans éperons ; ils osent, sans pudeur,

» Par maint brocard flétrir la demi-aune.

» Toi, du bon goût viens raffermir le trône,

» Au Calicot rends son antique honneur. »

En ce discours sa rage se déchaîne,

Quand Fier-en-Fât, sa jambe regardant,

D'un air distrait lui répondait à peine :

« S'il faut du sang, vous vous battrez.... Comment!...

« Nous *outager*... Ah! *ben* oui.... C'est *chamant.* »

Le président n'en dit pas davantage.

Par cent bravos la troupe l'applaudit :

Ah! ce que c'est que d'avoir du crédit!....

« Quoi! tu pourrais t'exposer à l'orage?

» S'écrie Adèle; y penses-tu, cruel!

» N'écoute pas cet avis criminel :

» Aux coups de poings un si charmant visage

» Ne peut se faire. Ah! plutôt dans mes bras

» Viens te livrer à de plus doux combats!

» — Être modiste et tenir ce langage!

» Mais, comme à nous, ce jour vous est fatal!

» Dit Ducaquet; ô beauté trop légère

» Non, tu n'as point d'esprit national...... »

Ce mot pour elle est un trait de lumière.

« Je marcherai s'il le faut la première,

» Dit-elle; oui, j'ai l'esprit libéral,

» Car *de Paris* nous lisons le *journal.* »

Mille bravos accueillent l'héroïne;
Elle brillait d'une flamme divine.
    Une voix part : « Messieurs, il faut soudain
» — Régler ici l'attaque de demain.
( Car de Capoue il craignait la mollesse. )
» Que le conseil tienne en mon magasin,
» S'écrie Adèle. » On se range, on s'empresse,
De Fier-en-Fat a donné le signal,
Chacun se place autour du général.
    D'une modiste élégant hermitage,
Qui ne connus que la voix des plaisirs,
Des ris, des jeux et des tendres soupirs;
Gentil boudoir, les accens de la rage
Pour toi seront un concert bien nouveau :
De cette belle, et toi, discret trumeau,
Qui jusqu'ici traçais sa seule image,
Et les contours de son léger corsage,
Que tu vas peindre un bizarre tableau :
    « Dans le Berry, moi, j'ai fait ma logique;
» De raisonner tant soit peu je me pique,
» A dit Prix-Fixe. Or, voici mon dessein.
» Cet police à la fin m'indispose;
» A ces agens si l'on veut, dès demain,
» Cette argument en forme je propose :
» Il vous plaira nous demander pardon
» D'avoir souffert qu'on nous ait fait injure
» En plein théâtre; or, on exige donc
» Qu'avec l'ouvrage, admis par la censure,

» Soient brûlés vifs, l'auteur, l'acteur, sinon
» Contre nous tous la force est impuissante.
» Nous attaquons..... » Un funeste hoquet
Survient alors.... L'orateur suffoquait.
Auprès de lui, Adèle complaisante,
Son noble front tendrement essuyait.
Quand Franc-Parleur, né d'humeur pacifique,
Un de ces gens qu'en mainte république
Aux tapageurs on trouve se mêlant
On ne sait trop ni pourquoi ni comment,
Prend la parole...; à sa mise gothique,
Autour de lui circule un ris moqueur;
Le persifflage a troublé l'orateur :
Il tremble, il sue, il rougit, balbutie :
« Messieurs ! — A bas ! — Messieurs ! — A bas ! à bas !
» — Laissez parler, Messieurs!... La comédie
» Dans tous les tems fronde tous les états :
» Les grands, les sots et la magistrature,
» Les médecins comme les avocats,
» Gens de comptoir comme gens à rabats;
» Ainsi, Messieurs...—A bas! — Moi, je vous jure,
» Que du projet tout un chacun rira;
» Si votre mise...—A bas!...—Paix là! paix là!
» — Si votre mise enfin est ridicule...
» — A bas! à bas!—Eh! sans tant de façons,
» Au magasin laissez vos éperons;
» Tout sera dit. » Le discoureur en nage,
Poussé, chassé, pour un si sot langage,

Sur l'escalier expiait ses leçons.
« Ce Franc-Parleur est un garde-boutique,
» Dit Ducâquet, un benêt achevé ;
» De sa province hier même arrivé.
» A sot discours, Messieurs, point de réplique.
» Nous en parlons un peu différemment.
» Or, quant à moi, voici mon argument :
» Écoutez-moi, Messieurs !... Notre influence
» Fait le destin du commerce de France.
» Or, entre nous, admettons un moment
» Qu'aux persiffleurs nous cédions nos moustaches ;
» Comme nos draps, tous nos cœurs sont sans taches ;
» Aucun de nous, dès lors ne paraîtra,
» Au magasin on s'ensevelira ;
» Plus de commerce..... Or donc, dans l'existence
» D'une moustache, est le sort de la France. »
Bravo ! bravo ! trois pages de bravos !
De l'orateur une flamme électrique
Dans le conseil passe et se communique ;
De chaque membre il a fait un héros.
    Le président, durant son audience,
Avait bâillé...., d'un air avantageux,
De sa cravate arrondi tous les nœuds.
De sa langueur sur la fin il s'éveille :
« Fort bien, Messieurs, très-bien.... c'est à merveille ;
» En *véité*, l'auteur est un *gand* sot.
» Toi, Ducaquet, je te fais secrétaire ;
» Que par tes soins, un écrit *ciculaire*,

» Soit *édigé;* j'apposerai mon sceau,
» Et nous aurons un *fot* joli complot. »
Mais, se levant encor : « Mon éloquence,
» Charmante Adèle, exige récompense,
» Dit Ducaquet : or, je vote un baiser
» A mon profit. — Un baiser? dit Adèle,
» Trente pour un.... je ne puis refuser;
» Allons, Messieurs, vous tiendrez la chandelle. »
Las !.... en cachette, un seul pour l'orateur,
Vaudrait bien mieux que cent baisers d'honneur.

L'heure, le jour, l'instant de la mêlée,
Par le conseil sont fixés sans retour;
La troupe ardente enfin s'est écoulée......
Le champ d'honneur demeure jusqu'au jour
A Fier-en-Fat, entre Adèle et l'amour.
Par la frayeur sans se laisser surprendre,
Chaque héros, brûlant de se venger,
Tranquille et fier la veille du danger,
Va s'endormir comme un autre Alexandre.

# CHANT III.

On y verra par quelle voie le secrétaire de la conjuration , nommé à cet effet, fait accroire à toute la classe marchande qu'elle est grièvement blessée en son honneur et gloire. Comment chaque Commis a pris feu à cette nouvelle, et est encore stimulé au combat par sa dame. — Comment la belle Mariette, couturière en linge fin, née native de Melun-sur-Marne , va prêcher la croisade à Sans-Cœur. — D'un coffre par elle ébranlé, et de ce qui en sort.—Combat à outrance au parterre et à l'orchestre.—Gestes et hauts faits d'un des champions. — Comme quoi mon Sans-Cœur est le premier pris, malgré sa couardise. — Défaite des conjurés. — Dénouement.

Au point du jour, hélas! un crêpe obscur,
Du firmament sembla voiler l'azur.
 Dès le matin , l'illustre secrétaire,
Est accouché d'un écrit circulaire.
Par lui le fiel, mille fois reproduit,
Incontinent doit réveiller la haine
De tout Commis des rives de la Seine ;
Chacun se trouble, est convaincu, séduit.
A leur complot la beauté s'intéresse ;
Toute modiste enflamme un chevalier;
Pour un succès promet une caresse,
Et pour le myrte on aime le laurier.
 Mais des combats la soif impatiente ,
Dans tous les cœurs et s'accroît et fermente.

Le jour s'écoule.... O doux palpitement!
De la vengeance approche le moment.
Des nobles cœurs c'est la plus douce amorce....
Des conjurés, pour connaître la force,
De Fier-en-Fat fait le dénombrement :
Un seul manquait.... c'est en vain qu'on l'appelle ;
Il est absent.... Sans-Cœur!.... Point de Sans-Cœur.
Soldat perfide, à la gloire infidèle....
Va, de Melun tu fais le déshonneur !
On part sans lui.— L'agile Renommée,
Qui, dans Paris, est plus agile encor,
Loin de ces lieux a déjà pris l'essor :
Elle instruisit Mariette alarmée
De cet affront dont Sans-Cœur est flétri ;
Pour son amant tout son corps a frémi.
Dudit Melun comme Sans-Cœur native,
Simple ouvrière en son triste pays,
Mariette est couturière à Paris.
Un doux penchant pour Sans-Cœur la captive.....
Oui! mort ou vif elle le trouvera ;
A la croisade elle l'exhortera,
Ou par le nez elle l'y conduira,
Si son amant ne cède à ses menaces ;
Elle le jure et vole sur ces traces.

  Mon Sans-Cœur n'est imprudent ni léger :
Comme un bon fils se doit à sa famille,
Il fuit toujours la veille du danger,
Et craint encor : telle est, dit-on, l'anguille

De son pays. A la cave, au grenier,
Cheveux épars, la triste Mariette,
Pour son honneur désolée, inquiète,
Demande en vain son prudent chevalier.
Point de Sans-Cœur ; dans sa douleur active
Un large coffre est par elle ébranlé ;....
Tout, hors son cœur, autour d'elle a tremblé.
De cet endroit part une voix plaintive....
« A moi ! j'étouffe ! au secours !... » Ces accents
De Mariette ont glacé tous les sens.
Ah ! quels soupçons ? Son oreille attentive
Croit distinguer.... Mais du coffre poudreux
Un spectre sort secouant sa poussière ;
L'amante en pleurs fait deux pas en arrière......
C'était Sans-Cœur.... « Puis-je en croire mes yeux !
» Lui ! mon amant !..... L'infâme, dans ces lieux !
» Qu'y faisais-tu ?..... — Le tems est à l'orage,
» Comme tu sais ; j'avais pris le parti
» Dès ce matin, de me mettre à l'abri.
» — Oses-tu bien me montrer ton visage
» Par la poussière et la honte flétri !
» Ai-je bien pu déshonorer mes charmes
» En chérissant un lâche !..... C'en est fait !
» Adieu !.... Mais non..... Je sens couler mes larmes.
» Sois brave ; il est encor tems, prends les armes.
» Je puis peut-être oublier ton forfait......
» De toi, Sans-Cœur, que veux-tu que je pense ?
» Si ce dicton, fruit de l'expérience,

» Las! est encor confirmé chaque jour:
» Lâche au combat, on est lâche en amour.
» De mon pardon ce baiser est le gage. »
A ce discours Sans-Cœur reste muet,
Comme une carpe entrée en un filet.
Il obéit; mais tout bas il enrage.
Le cœur rempli d'affreux pressentimens,
Cent fois son œil se reporte en arrière;
A petits pas il se hâte, il espère
Arriver tard; mais il arrive à tems.

Le bureau s'ouvre; on s'agite, on s'empresse;
Tel bon bourgeois est coudoyé, crotté,
Contre tous lutte; un autre, de la presse,
Pour lui réclame en vain la liberté,
L'ardent essaim n'en est point arrêté,
Poursuit son cours..... Les voilà dans la place,
Tant le succès est ami de l'audace!
En un clin-d'œil sur les extrémités
Les combattans se sont déjà portés.

Point ne dirai la sombre impatience,
L'affreux dépit qui s'accroît en silence;
Trop longuement conter est un travers
Qu'auront assez d'autres faiseurs de vers.

Brunet paraît. O filles de mémoire!
Vous le savez, et l'on peut vous en croire,
Onc du sifflet les baroques concerts
De sons pareils ne remplirent les airs;
Des noirs combats c'est l'effrayant prélude,

Tel , quand l'Eurus gronde au milieu des mers ,
Au voyageur la sombre inquiétude
Montre déjà les abîmes ouverts.
De tous côtés , d'une voix mâle et forte ,
On crie en vain : A la porte ! à la porte !
De leurs sifflets rien n'arrête le cours.
Et nos héros sifflent, sifflent toujours.
Pourtant Brunet est leur digne adversaire.
Depuis vingt ans aux sifflets aguerri,
Le sifflet meurt sur ce cœur endurci.
Sans sourciller il fournit sa carrière.
« Plus de quartier, amis, vaincre ou mourir ! »
Rien ne saurait effrayer leur audace;
Au champ d'honneur tous brûlent de courir ,
Et chacun d'eux s'élance de sa place.
En un moment tout est bouleversé ,
Heurté, poussé , culbuté , dispersé ;
Sur nos moissons ainsi tombe la grêle ,
Et le parterre au loin est ébranlé.
Avec le sot le pédant est mêlé ;
Sur maint auteur tombe maint journaliste;
Moi-même j'ai mon chapeau fracassé ;
Ah ! Dieu merci, celui qui l'a froissé
N'est de grand poids : c'est un vaudevilliste....
Mais , du destin, ô décret éternel !
Mes yeux ont vu, dans ce moment cruel ,
Par contre-coup tomber la *Quotidienne*
Sur le défunt *Constitutionnel.*

Elle a causé sa mort; ah! l'inhumaine! *

Des Calicots, mais le plus valeureux,

C'est Juste-Prix : par ses efforts heureux.,

Jusqu'à l'orchestre il se fraye un passage......

L'orchestre en vain s'oppose à ton courage,

O Juste-Prix, illustre Calicot,

Tiens bon!..... L'orchestre est emporté d'assaut.

Lors le héros, qui dès sa tendre enfance

Vingt fois le jour saute sur le comptoir,

Légèrement sur la scène s'élance.

Des conjurés puis ranimant l'espoir :

« Amis, dit-il, croyez-en mon étoile,

» *Le Calicot fera baisser la toile.* »

Piqués d'honneur, les guerriers l'ont suivi.

En un clin-d'œil l'orchestre est envahi;

Tels, autrefois, sur les rives du Xante,

Ulysse, Ajax, ont semé l'épouvante; .

Où tels encor sont de jeunes ânons,

Foulant aux pieds l'honneur de nos moissons. **

Mais des guerriers la police indiscrète

De point en point connaissait le signal.

Aux coups de poings l'affreuse baïonnette

Offre sa pointe; un combat inégal

S'est engagé; le désespoir, la rage,

Le souvenir de l'affront flétrissant

Des conjurés double en vain le courage.

* *Le Constitutionnel* a été supprimé deux ou trois jours après.
** *Illiade*, liv. II, vers 558.

De la valeur l'effort est impuissant ;
Il faut plier. Au fort de la bagarre,
Pâle, éperdu, tremblant d'être surpris,
Pauvre Sans-Cœur ! tu fus le premier pris.
« Pardon, Messieurs !.... » Mais une main barbare
Sans l'écouter le saisit ; ô douleur !....
« Ecoutez-moi, Messieurs : par caractère,
» Je suis poltron, comme l'était mon père.....
» On a séduit ma jeunesse ;..... mon cœur
» Est innocent..... D'une amante cruelle
» J'ai trop suivi le conseil ; et, sans elle,
» Ah ! je serais dans mon coffre.... Monsieur ! »
Sur le Monsieur la pitié ne peut mordre.....
Dans tous les rangs s'établit le désordre ;
A l'injustice a cédé la valeur.

    Dieu des combats tu trahis la vaillance
De nos héros : trente sont prisonniers.
L'Amour aussi trompe leur espérance ;
Ils n'auront donc ni myrtes ni lauriers.

    Pour Ducaquet, dont la mâle éloquence,
Loin des combats sait braver le danger,
Au premier choc il n'eut moins de prudence,
Au premier choc il a su se ranger.

    Mais Fier-en-Fat, pour sa noble retraite,
Du combat même attendait le signal ;
Et, dans le fond d'une loge discrète,
Adèle avait reçu son général.

FIN.

www.ingramcontent.com/pod-product-compliance
Ingram Content Group UK Ltd.
Pitfield, Milton Keynes, MK11 3LW, UK
UKHW020006130726
13694UKWH00005B/2109